GASTON FILZ DE FRANCE DVC DORLEANS DE
Valois et Chârtres Conte de Blois et.c. Chef des Conseilz de sa Maiesté et
Lieutenant general de ses armées.

.Montornet ex Com priuilegio

REMERCIMENT
DE
PARIS
A MONSEIGNEVR
LE DVC
DORLEANS,
POVR
LE RETOVR DV ROY
ET DE LA REYNE.

 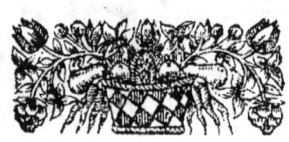

A PARIS,

Chez DENYS LANGLOIS, au mont S. Hilaire,
à l'Enseigne du Pelican.

Et en sa Boutique au bout du Pont-neuf, vers l'Eschole.

M. DC. XLIX.

REMERCIMENT
DE PARIS
A MONSEIGNEVR
LE DVC D'ORLEANS
POVR
LE RETOVR DV ROY
ET DE LA REYNE.

RAND PRINCE, ie ne ſçay comment
Vous faire vn beau Remerciment
Digne d'vne Royalle Alteſſe,
Vous auez banny ma triſteſſe
Et finy mon ſi long effroy,
En ramenant icy le Roy,
En ramenant icy la Reyne,
Mon Souuerain & Souueraine.
Adorable & charmant GASTON.
Qu'en diray-ie & qu'en dira-t'on,
D'vne obligation ſi grande ?
Ah que n'ay-ie vne rare offrande

A ij

Pour vous la pouuoir faire icy
Au lieu d'vn commun grand mercy?
Ah que n'ay-ie à ma fantaisie
Des mots choisis tout d'Ambrosie,
De Nectar, ou plus doux encor,
Et des vers tout de soye & d'or?
Ie vous ferois voir sans machine,
Pourtant à façon de la Chine,
Vne piece de cent Couleurs,
Auec toutes les belles Fleurs,
I'entens les Fleurs de l'Eloquence,
Qui sont les plus de Conséquence:
Et vous peindrois mon sentiment
Auec vn ioly Compliment.
Mais où tend ce discours friuole?
Faut-il auec quelque parole
Payer vn si rare Bien-fait,
Et l'honneur que vous m'auez fait?
Non, non, pour cette grace extrême
Ie me dois tout à vous moy-même,
Et m'offre autant que ie le puis
Tout Grand & Gros comme ie suis;
Ie me donne à vous sans reserue:
Monseigneur que Dieu vous conserue,
Pour m'auoir si fort obligé,
Moy qui fus tousiours affligé
Depuis sept mois & dauantage
Que ie perdis cét aduantage
De posseder mon Roy charmant
Qu'on me prit helas en dormant.
Quoy! sept mois sans mõ cher Monarque?
Comment donc conduire ma barque
Parmy l'horreur de tant de flots?
I'auois assez de Matelots,

Mais

Mais point de Pilote suprême,
Ainsi dans ce peril extrême
I'ay failly cent fois de perir
Sans sçauoir à qui recourir :
Et cent fois vn nouuel orage
M'a mis à deux doigts du naufrage.
Quoy ! sept mois sans Chef vn grand Corps !
O quel monstre i'estois alors !
O quelle épouuantable Beste,
Qu'vn si nombreux Peuple sans Teste !
Quoy ! sept mois sans voir mon Soleil !
O mal sans doute sans pareil !
O prodigieuse aduanture !
Veit-on iamais dans la Nature
Vn Eclypse durer si fort
Par l'extrauagance du sort ?
Ouy, sans le Roy mon plus doux Astre
Mes Bourgeois n'ont eu que desastre,
Et loin de ses rayons diuins
Ils sembloient tous des Quinze-vingts.
Ils tastonnoient dans les tenebres,
Ils trouuoient tous obiects funebres ;
Ce n'estoit que confusion,
Horreur, crainte, & diuision,
Soupçon, murmure, défiance,
Chagrin, tristesse, impatience,
Perpetüel aueuglement,
Perpetüel déreglement :
Les Sages les mains dans leurs poches
Estonnez en fondeurs de Cloches,
Sans donner ordre à l'auenir
Ne sçauoient plus que deuenir.
Les Poltrons forgeoient des alarmes,
Les braues déroüilloient leurs armes ;

B

Les plus froids deuenus mutins,
Renouuelloient les Maillotins,
Tout chacun auec grande brigue
Trauailloit à groffir fa ligue.
Cependant on mouroit de faim,
Les pauures pleuroient pour du pain;
Les Conuois laffoient la jeuneffe,
On ne iuroit que par Gonneffe,
C'eftoit alors le plus fainct Nom,
Et le lieu du plus grand Renom:
Les Marchands quittans leur boutique
Mettoient les moufquets en pratique,
Pour aller chercher par les Champs
Quelques viures bons ou méchans,
Et dans vn temps fi pitòyable,
Vn boiteux couroit comm' vn Diable,
Les Coyons eftoient aguerris,
Les femmes fuiuoient leurs maris,
Chacune eftoit vne Amazone,
Les Riches demandoient l'aumofne,
Vn Amoureux le plus galan
N'alloit iamais fans pain chalan,
Et les Dames les plus Coquetes,
Ne vouloient point d'autres fleuretes:
Vn boiffeau d'orge ou bien de fon,
Valloit bien mieux qu'vne Chanfon:
Vn difcours fait tout de farine
Sçauoit charmer la plus chagrine,
Et les moins aimables Amans
Qui faifoient de tels Complimens,
Paffoient alors pour des Oracles,
Et faifoient plus que des miracles;
C'eftoit pour vous en affeurer
Vn temps de rire & de pleurer:

Mais ceux qui n'auoient pas à frire,
Malaisément pouuoient-ils rire;
On ne faisoit en tout quartier
Qu'vne vie & qu'vn seul mestier;
Et le plus lâche de la terre
S'estimoit vn foudre de guerre,
On marchoit sans Chef & sans rang,
On ne respiroit que le sang,
La mort, le meurtre, & le carnage,
Chacun estoit grand personnage,
Et discouroit de ses exploits;
L'vn demandoit de beaux Emplois
Pour auoir plus de recompense
Et faire plus grande despense;
L'autre n'estoit pas negligent
A serrer d'abord son argent,
Et par fois selon son caprice
Il l'enterroit par auarice.
   Cependant on ne faisoit rien,
Tout chacun consommoit son bien,
La plus aimable marchandise
Ne trouuoit plus de chalandise,
Horsmis les armes & le pain;
Les plus beaux Arts n'étoiét qu'en vain,
Les Peintres dans cette auanture
Ne peignoient plus rien qu'en peinture,
Leurs pinceaux estoient superflus;
Les Graueurs ne trauailloient plus;
Les Muses auec leur science
Dans la faim & l'impatience
N'employoient leur plus beau Latin
Qu'à pester contre le Destin;
Themis en mauuaise posture
S'en alloit dans la sepulture

Les Procureurs estoient perclus,
Les Aduocats ne causoient plus :
La Medecine en grand desordre
Ne trouuoit desia plus où mordre,
Et ses Valets tous grands Saigneurs
Ne faisoient plus tant les Monsieurs,
(Car on saignoit en abondance
Sans argent & sans ordonnance.)
Ainsi dans vn temps si peruers
Tout estoit icy de trauers,
Aristote alloit à la queste,
Galien n'estoit qu'vne Beste,
Iustinian qu'vn grand Coquin,
Apollon qu'vn pauure Faquin.
Et Mars alors ce méchant Diable,
Auec vn visage effroyable
Triomphoit seul à mes dépens,
(Dont grandement ie me repens,
Et dont ie suis par parenthese
Encoré bien mal à mon aise :)
Ainsi dans ces confusions,
Dans ces folles illusions,
Et dans ce desordre suprême,
Ie pouuois dire de moy même
Que i'estois en ce temps de fer,
Non vn Paris, mais vn Enfer.
Et quand la Guerre fut passée,
La Paix se trouua bien lassée
De combattre tant de malheurs
Qui faisoient durer mes douleurs.
Les Artisans & le Commerce
N'en souffroient pas moins de trauerse,
Il falloit viure du gagné
Ceux qui n'auoient pas épargné

Auant

Auant le temps de la mifere
Faifoient depuis fort trifte chere,
Chacun mangeoit fon petit fait;
Et beaucoup d'enfans de Iafet
Qui n'auoient pas la panfe pleine,
Apprenoient à tirer la laine
Pour auoir dequoy fe faouler
Au hazard de mourir en l'air.
Voila la miferable vie
Dont ie n'auois aucune enuie,
Mais qu'on a faite malgré moy
Depuis l'éloignement du Roy.
Pendant fept mois; O Dieu! quel terme?
Comment pouuoir demeurer ferme
Sans m'ébranler de tout cofté
Dans vne telle aduerfité?
　　En fin, en fin, Prince adorable,
Par vne bonté fauorable
Vous auez finy mes malheurs,
Vous auez effuyé mes pleurs,
Vous m'auez rendu mon Pilote,
Ie ne crains plus que ma Nef flote,
Elle eft à l'abry de tout vent
Bien plus feure qu'auparauant :
Ie me mocque de la tempefte,
Vous m'auez redonné ma tefte.
Pour rétablir les doux accords
Qui font agir vn fi grand Corps,
Et conferuent chaque partie
Dans vne belle fympathie.
Vous m'auez par voftre Confeil
Rendu l'Aurore & le Soleil;
Ouy cette rauiffante Aurore,
Que de bon cœur i'aime & i'honore,

C

Et cét agreable Soleil
Que ie vay voir de ſi bon œil
Aprés vne ſi longue perte,
Que mal-gré moy i'en ay ſoufferte;
En fin le voicy de retour.

Ah c'eſt maintenant qu'il eſt iour!
Et qu'vne nuiĉt funeſte & ſombre
Ne m'accable plus de ſon ombre;
I'entens vne nuiĉt de ſoucy,
Il eſt tout paſſé Dieu mercy:
Et ie ſens ma premiere joye
Que ce bel Aſtre me renuoye.

Ah qu'il fait clair, ah qu'il fait beau!
Quel tranſport! quel plaiſir nouueau
Se répand dans toutes mes veines!
Adieu miſeres! adieu peines!
Adieu troubles! adieu trauaux!
Adieu toutes ſortes de maux.

Et vous, ô diſcordes Ciuilles,
Peſtes des ames & des Villes,
Adieu Megeres pour iamais:
Ie ne crains plus rien deſormais,
Me voila dedans l'aſſeurance
Le lieu le plus ſoûmis de France:
Et loin de tant de ſoins diuers
Le plus heureux de l'Vniuers.

Qu'on faſſe mille Feux de Ioye,
Que par tout mon bon-heur ſe voye;
Qu'on forme vn Iour tout de Flābeaux,
Qu'on ſeme l'air d'Aſtres nouueaux:
Que l'on inuente des fuſees,
Qui de long-temps ne ſoient vſées;
Dont l'éclat s'épande en tous lieux,
Et monte même iuſques aux Cieux;

Pour porter par tout la nouuelle
D'vne folemnité fi belle.
  Qu'on dreſſe des Arcs Triomphaux,
Qu'on dreſſe cent mille Eſchafaux,
Pour voir par tout & bien à l'aiſe
Ce Roy qui tous mes maux appaiſe.
Qu'on faſſe bien tout tapiſſer
Par où mon Ange doit paſſer :
Ouy, c'eſt mon Ange Tutelaire,
Que tout ſoit propre pour luy plaire.
  Qu'on s'égoſille à qui mieux mieux
A crier d'vn ton bien ioyeux,
Viue le Roy, Viue la Reyne,
Qui font en fin ceſſer ma peine.
  Qu'on n'épargne point les Canons,
Puis qu'à ce coup nous le tenons,
Ce ieune Prince incomparable,
Ce LOVIS ſi fort deſirable,
Et ſi fort auſſi deſiré;
C'eſt auiourd'huy qu'il m'a tiré
En bonne & ſaine conſcience
D'vne bien grande impatience.
  Grand-mercy ie vous dis encor,
Braue GASTON Prince tout d'or ;
Grand-mercy mille fois & mille,
Vous dit PARIS la grande Ville,
A vous qui m'auez fait vn bien
Aprés quoy ie ne veux plus rien.
Puiſſiez-vous durant cent années
N'auoir que de belles iournées,
Et iamais que d'heureuſes nuits
Sans déplaiſirs & ſans ennuis.
Puiſſiez-vous auoir vne vie
De toutes les douceurs ſuiuie,

Et mourir enfin bien content,
(Car enfin la mort nous attend.)
Mais que voftre Race foit telle,
Qu'on la puiffe voir immortelle.

  Et vous trop obligeant Prelat,
De qui l'efprit tout plein d'éclat
A, d'vne façon nompareille,
Gaigné fon cœur & fon oreille :
Agreable Solliciteur,
Auprés du genereux Auteur
De ce Retour fi Salutaire,
Penfez-vous que ie puiffe taire
Et negliger à cette fois
Le Grand-mercy que ie vous dois?
Non, non, ie veux que cette grace
De mon cœur iamais ne s'efface,
Et toufiours le doux fouuenir
M'en dois refter à l'auenir :
Mais il eft temps que ie m'adreffe
Au fuiet de mon allegreffe.

  Grand Monarque, diuin LOVIS,
Si mes yeux font tous éblouïs
De voir voftre brillant vifage,
C'eft que i'auois perdu l'vfage
Des belles clartez du Soleil,
En vous perdant Vous fon pareil:
Vous eftes toute ma lumiere,
Et depuis cette nuict derniere
Qu'il vous pleut déloger fans bruit,
Il n'a iamais efté que nuit,
Au moins pour moy ie le puis dire
Sans diffimuler & fans rire.
Helas en ce trifte depart,
Mon cœur percé de part en part

                              Fut

Fut tout d'vn coup comme fans vie;
Ie n'eus depuis aucune enuie
Ny de chanter, ny de dormir;
Et ie n'ay rien fait que gemir.
Helas que i'eſtois miſerable
Dans vn eſtat ſi deplorable
Où ie me vis precipité!
Mais vous m'auez reſuſcité
Par voſtre agreable preſence,
(C'eſt pour parler fans complaiſance)
Et quand ie puis vous admirer
Ie commence de reſpirer.

   Cher Prince, helas! ſouffrez de grace
Que vos genoux du moins i'embraſſe,
Que ie vous tienne deſormais
Sans vous pouuoir perdre iamais;
Ne ſortez plus hors de ma Terre,
Ny pour la Paix, ny pour la Guerre,
Vous eſtes mon Tout, mon beau Roy,
Et ie meurs ſi ie ne vous voy.
LOVIS la merueille des Princes
N'allez plus parmy les Prouinces,
Et ſans changer d'auis ny d'air
Ne quittez point *Paris ſans pair.*

   GRANDE REYNE, Chere Princeſſe,
Que ie dois reuerer fans ceſſe,
Ne vous éloignez plus de moy,
Ie ſuis à vous, ainſi qu'au Roy;
C'eſt en vos Bontez que i'eſpere,
I'aime le Fils, i'aime la Mere,
Ie n'attens mon bon-heur que d'eux,
Et ie vous dois tout à tous deux.
Paſſez icy voſtre Regence
Dans vne bonne Intelligence:

                   D

Paſſez y doucement vos Iours
Iuſques à la fin de leurs Cours,
Touſiours heureuſe & ſatisfaite
Comme pour moy ie le ſouhaitte.

 Si vous allez à Saint Germain,
Retournez-en le lendemain
Sans y faire longue demeure,
Pour empêcher que ie n'en meure :
Laiſſez-là ce Château ſi haut,
Ce n'eſt pas vn lieu comm' il faut
Pour loger vne grande Reyne,
Non plus que Madrid vers Surenne.

 Laiſſez-là ce Fontainebleau,
Q:oy qu'il vante tant ſa belle eau,
Car ſans luy faire vne querelle
L'eau de ma Seine eſt bien plus belle.
Il n'eſt qu'vn Palais Cardinal,
Que i'eſtime vn Original,
Tenez-vous là toûjours, MADAME,
(Ie vous le dis de cœur & d'ame)
Iuſqu'à vôtre derniere fin,
Pour y voir vn iour vn Dauphin,
Aimable & beau comme ſon Pere,
Ioüer en baiſant ſa Grand'-Mere.

 Et vous, cher Prince de Condé,
De qui l'ardeur a bien aidé
Au deſſein auſſi doux que iuſte
Du Retour de mon ieune Auguſte;
Vous de qui l'extrème pouuoir
Se fait en tout aiſément voir,
Faites pour empêcher ma plainte
Qu'il ſoit toûjours dans mon Enceinte,
Et qu'il n'en vueille plus ſortir
Sinon pour s'aller diuertir,

Soit au Cours, ou bien à la Chaſſe,
Mais ne ſouffrez-pas qu'il s'y laſſe,
Et vueillez prendre le ſoucy
De l'amener le ſoir icy,
Ou de vos conſeils d'importance
Vous luy donnerez aſſiſtance
Pour l'aller ſeruir de vos bras
Où de long-temps il n'ira pas,
Et froter ſon fier Aduerſaire
Tout comme vous le ſçauez faire.
Cependant dites auec moy,
VIVE LE ROY, VIVE LE ROY.

FIN.

www.ingramcontent.com/pod-product-compliance
Lightning Source LLC
Chambersburg PA
CBHW061416170626
46811CB00005B/2017